Uma História para ALFABETIZAR

Para introduzir os conceitos da Alfabetização

Evita dificuldades futuras no entendimento do alfabeto

Alfabetização descomplicada com exercícios de fixação

SOM
LETRA
SÍLABA

Editora Appris Ltda.
1.ª Edição - Copyright© 2023 da autora
Direitos de Edição Reservados à Editora Appris Ltda.

Nenhuma parte desta obra poderá ser utilizada indevidamente, sem estar de acordo com a Lei nº 9.610/98. Se incorreções forem encontradas, serão de exclusiva responsabilidade de seus organizadores. Foi realizado o Depósito Legal na Fundação Biblioteca Nacional, de acordo com as Leis nos 10.994, de 14/12/2004, e 12.192, de 14/01/2010.

Catalogação na Fonte
Elaborado por: Josefina A. S. Guedes
Bibliotecária CRB 9/870

F383h
2023
	Ferreira, Laudicéia Martins
	    Uma história para alfabetizar ; volume 1 / Laudicéia Martins Ferreira.
	1. ed. - Curitiba : Appris, 2023.
	    90 p. : il. color; 16 cm.
	
	    Inclui referências.
	    ISBN 978-65-250-3929-9
	
	    1. Ficção brasileira. 2. Alfabetização. 3. Aprendizagem. I. Título.
	
	                                                                    CDD – 028.5

Editora e Livraria Appris Ltda.
Av. Manoel Ribas, 2265 – Mercês
Curitiba/PR – CEP: 80810-002
Tel. (41) 3156 - 4731
www.editoraappris.com.br

Printed in Brazil
Impresso no Brasil

APRESENTAÇÃO

O processo de alfabetização envolve muitas etapas que são desconhecidas por muitos pais. Além disso, existem muitos métodos que podem ajudar, mas, ao mesmo tempo, confundir ainda mais a mente da criança.

Minha missão é unir esforços na busca de novos métodos alternativos de ensino e aprendizagem, e *Uma história para alfabetizar* vem para auxiliar pais e educadores na introdução dos princípios alfabéticos de um jeito prático e prazeroso.

Esta obra foi inspirada pelos métodos de alfabetização já existentes, mas invertendo o processo tradicional de iniciar com "decoração automática da ordem alfabética", uma prática que pode confundir a criança, que, depois, terá que relacionar som (fonema) e letra (grafema). Além disso, o sistema de escrita é uma representação complexa, e a abordagem fônica, sozinha, também pode não dar conta dela.

A história aqui contada inicia com a apresentação das vogais, e as consoantes vão surgindo com seus sons e, assim, brincando de juntar os sons, formando, com isso, as sílabas. O conceito de **alfabeto** vem depois, de forma natural. Esse método vem para somar, reforçar e estimular a base do princípio alfabético.

Os estímulos são indispensáveis, mas é importante observar o ritmo de cada criança, por isso a necessidade da repetição para fixar o aprendizado. Além disso, relacionar as situações do dia a dia também ajuda muito.

O aprendizado fixar-se-á com as atividades sistemáticas da escola, no contato com diversos textos, palavras, seus significados e regras ortográficas, e é muito importante o acompanhamento da família, ajudando e incentivando para que o aprendizado seja prazeroso e significativo.

Este livro vem para ajudar na compreensão dos conceitos do princípio alfabético.

CONCEITOS TRABALHADOS NESTA OBRA:

1. Cada letra tem um som
2. O que são vogais e consoantes
3. As 26 letras que formam o alfabeto
4. O que são sílabas
5. Famílias silábicas simples (ba, be, bi...)
6. A letra que não tem som (h)
7. As letras que têm dois tipos de sons (c, g, w)
8. Introdução das sílabas complexas:

As, es, is, os e us — Al, el, il, ol e ul

Ar, er, ir, or e ur — An, en, in, on e un

Am, em, im, om e um

9. Letra R e L após consoante

Bra, bla... Cra, Cla... Fra, Fla...

Gra, Gla... Tra, Tla... Vra, Vla...

10. Função da letra H — Ch, Lh, Nh
11. A ordem de leitura da esquerda para a direita

ERA UMA VEZ, UM PLANETA ONDE VIVIAM CINCO LETRAS: A E I O U. TODAS FAZIAM PARTE DE UMA MESMA FAMÍLIA CHAMADA VOGAIS.

Para treinar!

 (A) A E I O U

 (E)  A E I O U

 (I)

 (O)

 (U)

PRÓXIMAS ETAPAS:

12. Sílabas gua, gue, gui, guo
13. Dígrafo RR e SS, cê-cedilha, ã e ãs, ão, ãos, ães e ões
14. Aumentativo e diminutivo
15. Sons do X
16. Acentuação gráfica
17. Plural, feminino e masculino
18. Classificação das palavras etc.

SABE QUAL ERA A BRINCADEIRA PREDILETA DAS VOGAIS?
BRINCAR DE UNIR SEUS SONS, POIS, SEMPRE QUE SE JUNTAVAM, FORMAVAM VÁRIAS PALAVRINHAS...

Observações:

Fazer com que a criança perceba os sons das vogais quando estas se juntam e contextualizar com as palavras que usamos no dia a dia. Na escola, ela vai aprender sobre o conceito de "encontros vocálicos".

Para treinar!

FICHA TÉCNICA

EDITORIAL	Augusto Vidal de Andrade Coelho
	Sara C. de Andrade Coelho
COMITÊ EDITORIAL	Marli Caetano
	Andréa Barbosa Gouveia (UFPR)
	Jacques de Lima Ferreira (UP)
	Marilda Aparecida Behrens (PUCPR)
	Ana El Achkar (UNIVERSO/RJ)
	Conrado Moreira Mendes (PUC-MG)
	Eliete Correia dos Santos (UEPB)
	Fabiano Santos (UERJ/IESP)
	Francinete Fernandes de Sousa (UEPB)
	Francisco Carlos Duarte (PUCPR)
	Francisco de Assis (Fiam-Faam, SP, Brasil)
	Juliana Reichert Assunção Tonelli (UEL)
	Maria Aparecida Barbosa (USP)
	Maria Helena Zamora (PUC-Rio)
	Maria Margarida de Andrade (Umack)
	Roque Ismael da Costa Güllich (UFFS)
	Toni Reis (UFPR)
	Valdomiro de Oliveira (UFPR)
	Valério Brusamolin (IFPR)
SUPERVISOR DA PRODUÇÃO	Renata Cristina Lopes Miccelli
ASSESSORIA EDITORIAL	Nathalia Almeida
REVISÃO	Camila Moreira
	Renata Cristina Lopes Miccelli
PRODUÇÃO EDITORIAL	William Rodrigues
DIAGRAMAÇÃO	Jhonny Alves dos Reis
CAPA	Samara Thomaz
REVISÃO DE PROVA	Raquel Fuchs

Laudicéia Martins Ferreira

UMA HISTÓRIA PARA ALFABETIZAR
(VOLUME I)

CERTA MANHÃ, AS VOGAIS OUVIRAM UM SOM DIFERENTE VINDO LÁ DE CIMA, QUE FAZIA ASSIM: BBBBBBBBBB...
DE REPENTE, EIS QUE SURGIU UMA LETRA.

– SAUDAÇÕES!! EM QUE PLANETA ESTOU? – PERGUNTOU A LETRA B.

– VOCÊ ESTÁ NO PLANETA DAS VOGAIS – RESPONDEU A LETRA A, QUE LOGO PERGUNTOU DE ONDE A LETRA B VINHA.

ENTÃO, A LETRA B CONTOU QUE VEIO DO PLANETA DAS CONSOANTES, QUE ESTÃO PROCURANDO UM NOVO LUGAR PARA VIVER E APRENDER.

NESSE MOMENTO, AS VOGAIS A , E, I, O E U REUNIRAM-SE E TIVERAM UMA GRANDE IDEIA:

— SE CADA LETRA TEM UM SOM, VAMOS BRINCAR DE FORMAR OUTRAS SÍLABAS?

ASSIM, COMEÇARAM A BRINCAR E, CADA VEZ QUE A LETRA B UNIA-SE A UMA DAS VOGAIS, FORMAVAM AS SÍLABAS: BA, BE, BI, BO E BU.

Observações:

A partir de agora é importante reproduzir o som de cada letra sozinha para que a criança perceba. Caso tenha alguma dificuldade vale pesquisar na internet algumas formas de ilustrar o som.

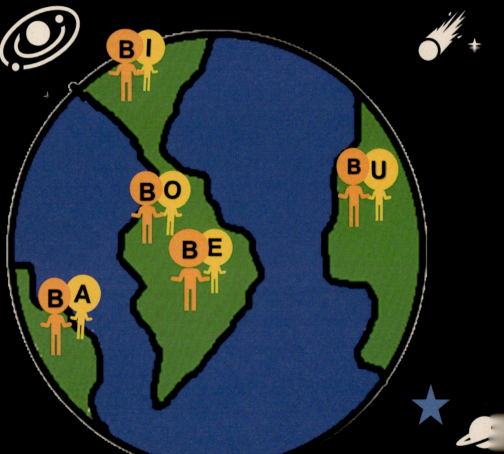

ENTÃO, A LETRA C FOI BRINCAR COM AS VOGAIS PARA VER QUE SOM FORMAVAM JUNTAS.

E SABE COMO FICOU? PRESTE BASTANTE ATENÇÃO: QUANDO ELA SE JUNTOU COM A VOGAL I, FICOU CI. O MESMO FOI COM E, FICOU CE.

MAS, QUANDO ELA SE JUNTOU COM A, FICOU DIFERENTE, FEZ CA, E ASSIM FOI COM CO E COM CU.

Vamos treinar!

 (CA)

 (CE)

 (CI)

 (CO)

 (CU)

AGORA, CHEGOU A VEZ DA LETRA D, QUE VEIO CHEGANDO DE MANSINHO COM O SEU SOM D D D D D D D...

— OI, AMIGUINHOS! QUE LUGAR LINDO! — DISSE ELA TODA ANIMADA.

— SEJA BEM-VINDA! ESTAMOS CURIOSOS PARA SABER COMO VAI FICAR O SOM QUANDO SE JUNTAR A NÓS — DISSE A LETRA A.

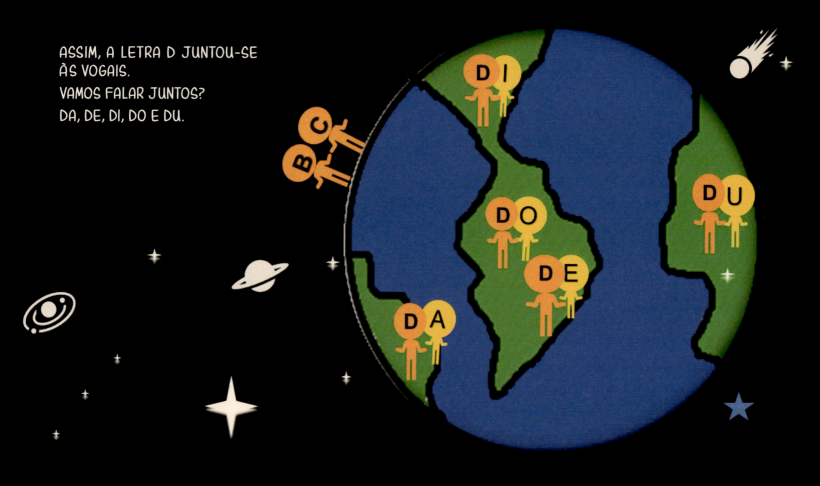

ASSIM, A LETRA D JUNTOU-SE ÀS VOGAIS.
VAMOS FALAR JUNTOS?
DA, DE, DI, DO E DU.

Vamos treinar!!

  DA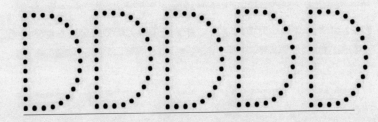

  DE

  DI

  DO

DU

ANSIOSAS PARA CONHECER A PRÓXIMA LETRA, AS VOGAIS ESTAVAM TODAS REUNIDAS NA EXPECTATIVA DE FORMAREM OUTRAS SÍLABAS.

E LÁ VEIO ELA, A LETRA F, COM SEU SOM FABULOSO FFFFFFFFFFFFFFFF...

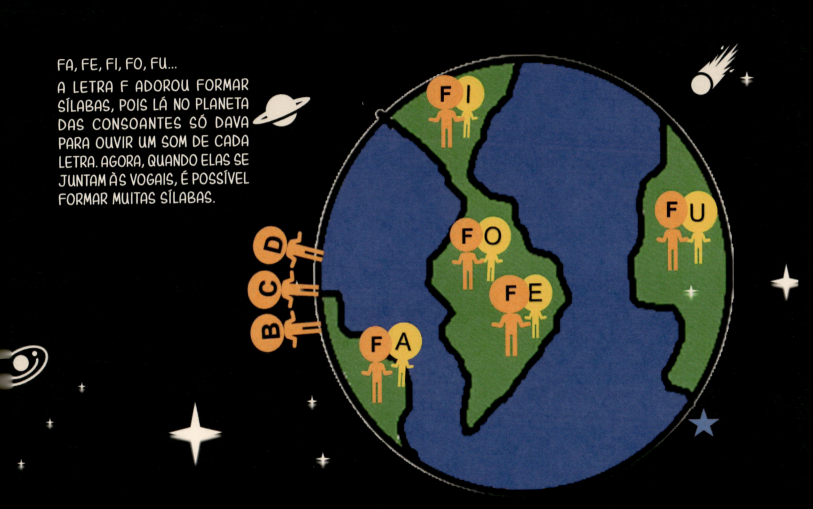

Vamos treinar!!

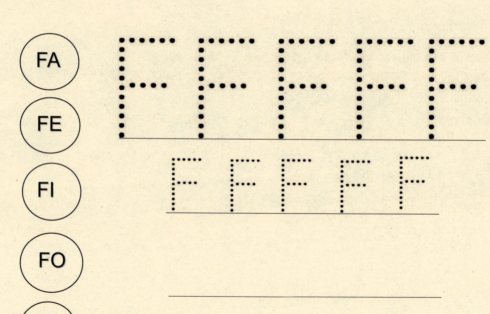

FA

FE

FI

FO

FU

Vamos treinar!

(BA)
(BE)
(BI)
(BO)
(BU)

NO DIA SEGUINTE, FOI A VEZ DA LETRA C APARECER. AS VOGAIS OUVIRAM DOIS SONS DIFERENTES: ksKsKsKsKsKsksKs...
POR QUE SERÁ?
QUANDO A LETRA C SE APRESENTOU, LOGO PERCEBERAM QUE ELA TINHA DOIS SONS.

Observações:
Com o tempo, a criança vai perceber os dois sons da letra C, que se pronuncia /k/ antes das vogais A, O e U e consoantes, como caracol, cutia e cobra. Antes de E e I, a letra C tem o mesmo som que em cebola e cidade.

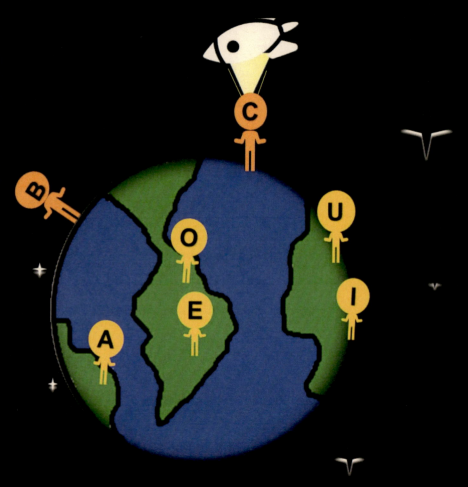

GGGGGGGGGGGGGGGG...

FOI COM ESSE SOM QUE MAIS PARECIA O BARULHO DE UM MOTOR DE UMA GELADEIRA QUE A LETRA G FOI CHEGANDO EM SUA NOVA MORADA.

AO ATERRISSAR, FOI RECEBIDA PELAS VOGAIS, QUE JÁ EXPLICARAM PARA ELA A BRINCADEIRA DE FORMAR AS SÍLABAS.

PARA A SURPRESA DE TODAS AS VOGAIS, A LETRA G TAMBÉM TINHA DOIS SONS.

QUANDO ELA SE JUNTA À VOGAL A, FORMA A SÍLABA GA; COM O, FICA GO; E COM U, FORMA GU.

JÁ COM A VOGAL E, OUVIMOS GE; E COM O I, OUVIMOS O GI.

ENTÃO, AS VOGAIS PERCEBERAM QUE NEM TODAS AS LETRAS SEGUEM O MESMO PADRÃO.

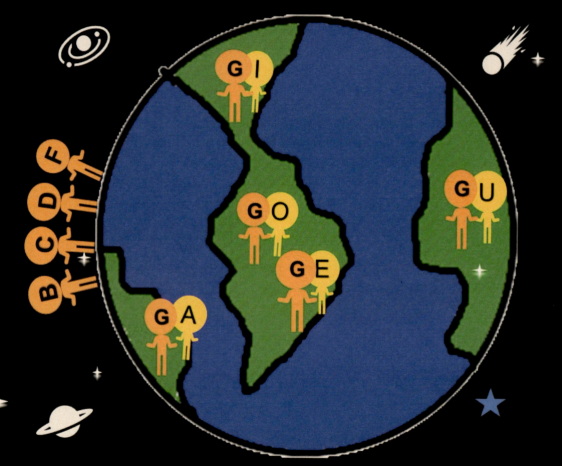

Vamos treinar!!

 GA

 GE

 GI

 GO

 GU

QUANDO A LETRA H CHEGOU, TODAS AS VOGAIS NOTARAM QUE, DELA, NÃO SAÍA NENHUM SOM.

MESMO ASSIM, ELAS NÃO DEIXARAM DE BRINCAR COM ELA.

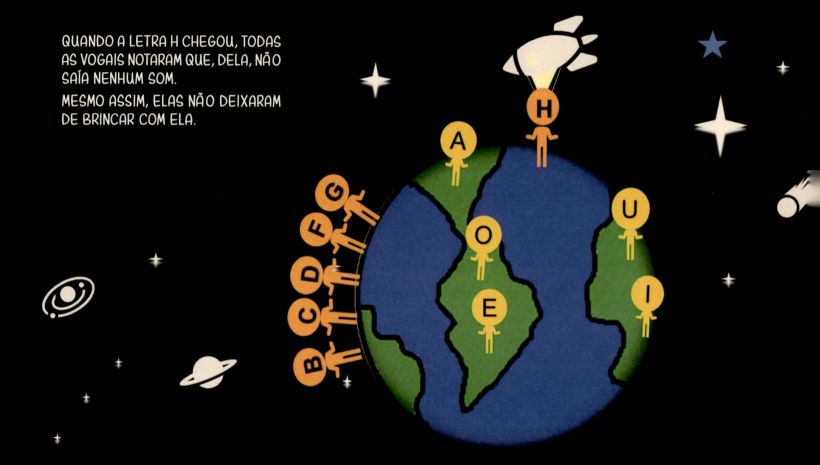

A LETRA H FICOU MUITO CONTENTE, POIS ELA GUARDA UM SEGREDO QUE TODOS AINDA VÃO PERCEBER. ELA TEM UMA GRANDE FUNÇÃO NA FORMAÇÃO DAS PALAVRAS.

Vamos treinar!!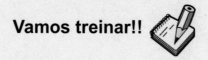

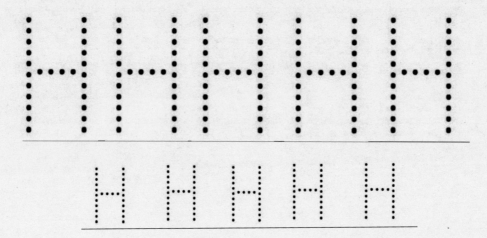

AGORA, CHEGOU A VEZ DA LETRA J.

ELA TEM UM SOM BEM FÁCIL DE MEMORIZAR JJJJJJJJJJJJJJJJJJ...

INCLUSIVE, ELA É SUPER AMIGA DA LETRA G, QUE, AFINAL, TEM UM SOM MUITO PARECIDO COM O DELA.

A LETRA J FOI LOGO SE ENTURMANDO COM AS VOGAIS A, E, I, O E U. ELAS COMEÇARAM, ENTÃO, A IMAGINAR QUANTAS PALAVRAS PODEM SER FORMADAS COM AS SÍLABAS QUE CRIARAM.

Vamos treinar!!

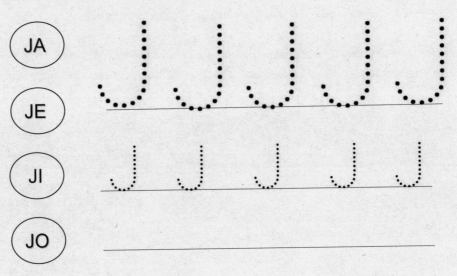

JA

JE

JI

JO

JU

*jegue

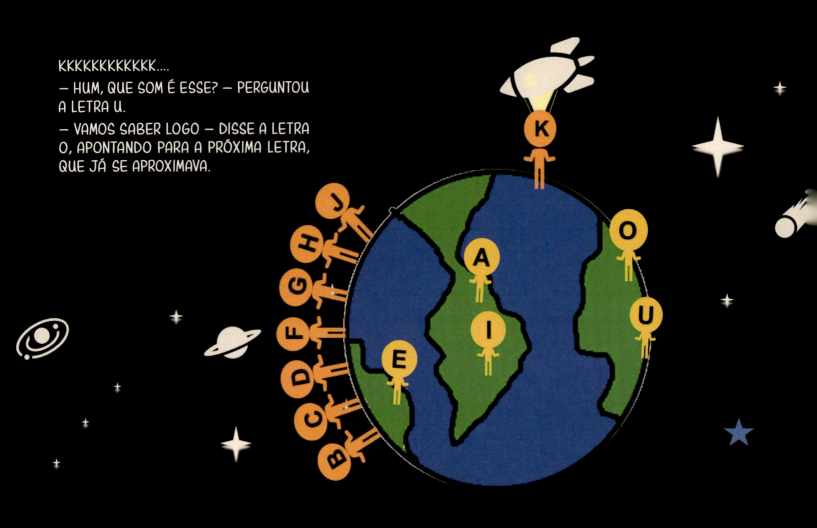

KKKKKKKKKKK....
— HUM, QUE SOM É ESSE? — PERGUNTOU A LETRA U.
— VAMOS SABER LOGO — DISSE A LETRA O, APONTANDO PARA A PRÓXIMA LETRA, QUE JÁ SE APROXIMAVA.

Vamos treinar!!

K K K K K

K K K K K

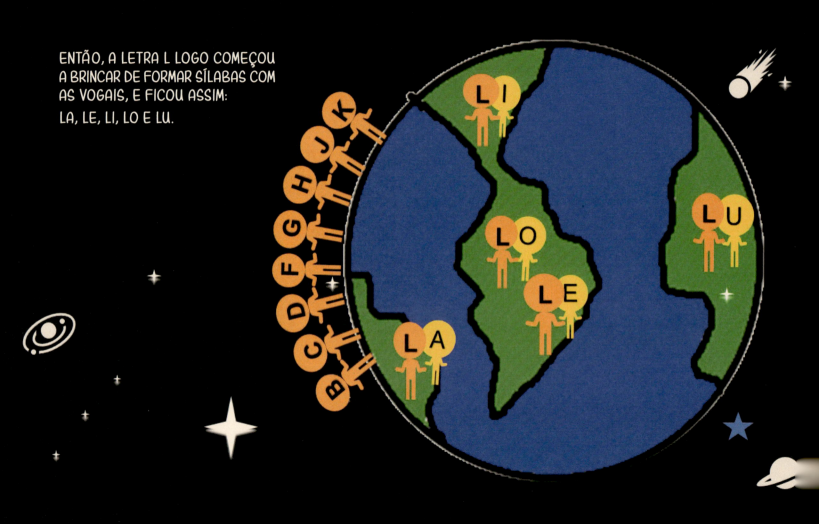

ENTÃO, A LETRA L LOGO COMEÇOU A BRINCAR DE FORMAR SÍLABAS COM AS VOGAIS, E FICOU ASSIM:
LA, LE, LI, LO E LU.

Vamos treinar!!

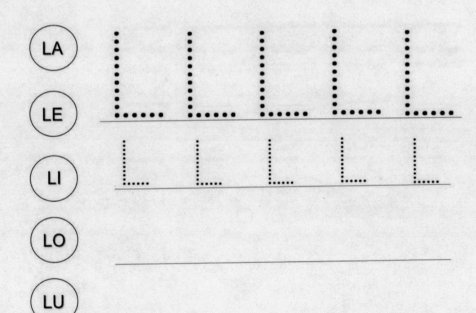

LA

LE

LI

LO

LU

AS CONSOANTES E AS VOGAIS NÃO VIAM A HORA DE REUNIR TODAS AS LETRAS PARA FORMAR AS SÍLABAS E, COM ELAS, AS PALAVRAS.

SABE QUEM VEM CHEGANDO AGORA? A LETRA M.

O SOM DELA É PARECIDO QUANDO FAZEMOS HUMMMM.

Observações:

Sempre que houver oportunidade, reforçar com a criança o que são as consoantes e as vogais. No total, há cinco vogais e 21 consoantes. O conceito de "alfabeto" entrará na sequência.

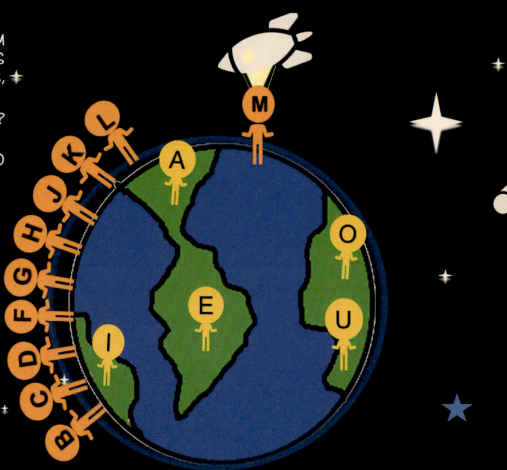

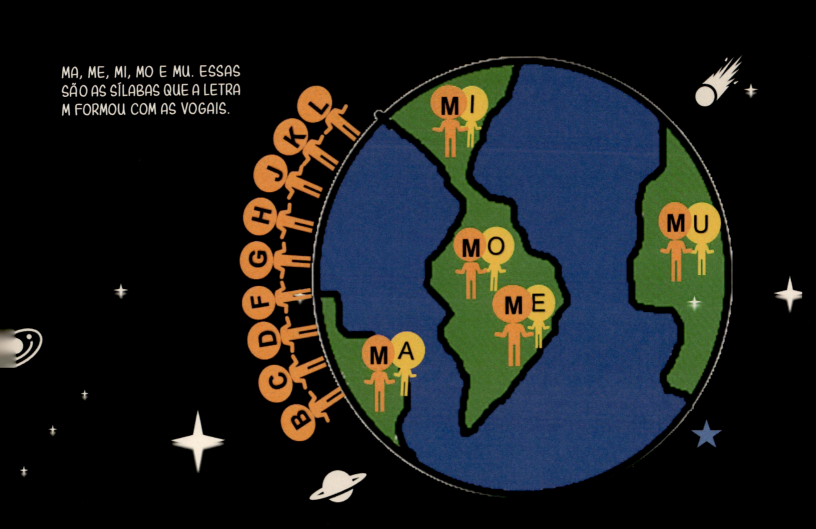

Vamos treinar!!

 MA
 ME
 MI
 MO
 MU

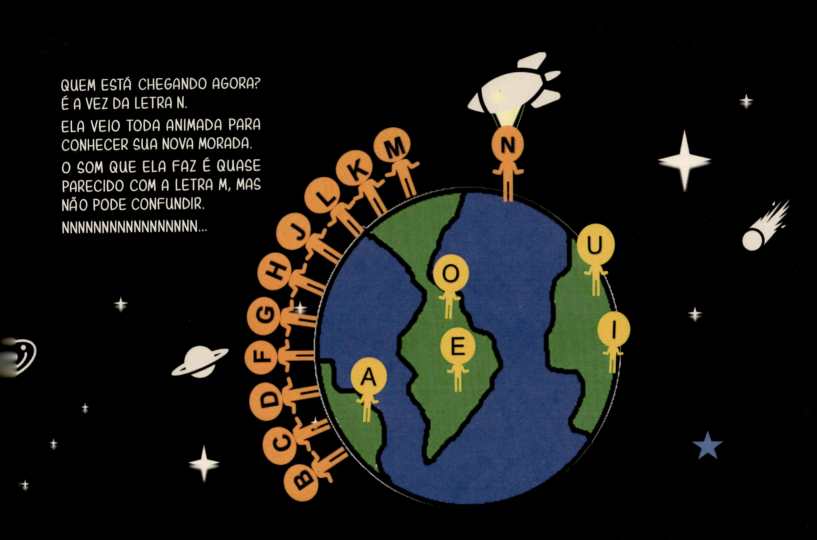

ENTÃO, COMEÇARAM A FORMAR AS SÍLABAS NA, NE, NI, NO E NU. QUAIS PALAVRAS COMEÇAM COM ESSA SÍLABA?

Vamos treinar!!

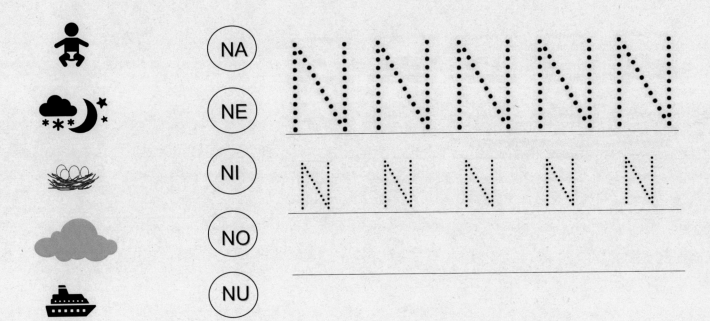

PPPPPPPPPPPPP...
É O SOM DA LETRA P, QUE JÁ PERGUNTOU PARA AS VOGAIS SE ESTAVA NO PLANETA CERTO.

—SIM E SEJA BEM VINDA! — DISSE A LETRA A.

TODOS PARARAM PARA OUVIR O SOM DA LETRA P E JÁ IMAGINARAM QUANTAS PALAVRAS PODERIAM ESCREVER.

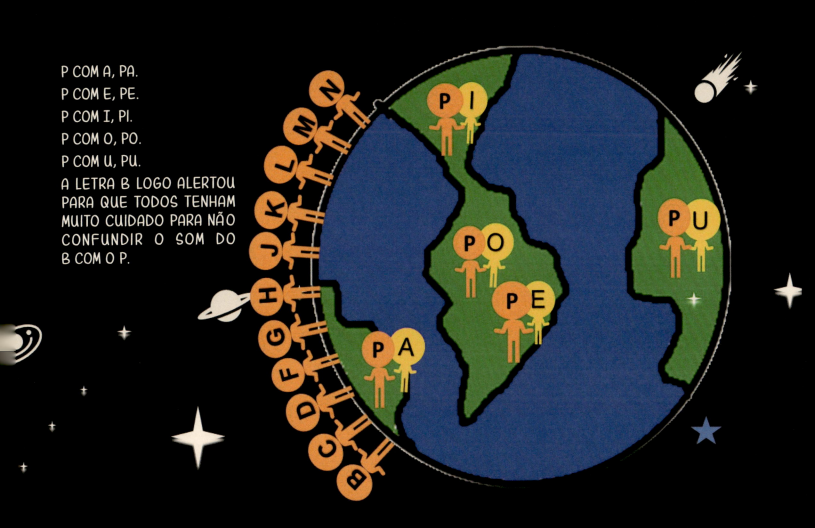

Vamos treinar!!

  PA

  PE

  PI

  PO

  PU

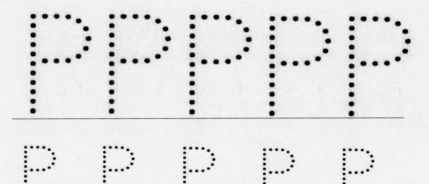

PARA FORMAR A SÍLABA, A LETRA Q SEMPRE VAI PRECISAR QUE A VOGAL U FIQUE NO MEIO.

QUA, QUE, QUI E QUO.

POR ISSO NÃO EXISTE A SÍLABA "QUU", TANTO É QUE VOCÊ VAI PERCEBER QUE USAMOS OUTRAS SÍLABAS PARA ESSE SOM, COMO KU OU CU.

Vamos treinar!!

(QUI)

(QUE)

(QUA)

(QUO) _____

A LETRA R JÁ CHEGOU SE APRESENTANDO COM SEU SOM, O QUAL LEMBRAVA UM CACHORRO BRAVO ROSNANDO ASSIM: RRRRRRRR.

ELA FICOU MUITO FELIZ QUANDO VIU AS OUTRAS LETRAS UNIDAS, ESPERANDO PARA, ENTÃO, FORMAR MUITAS PALAVRAS.

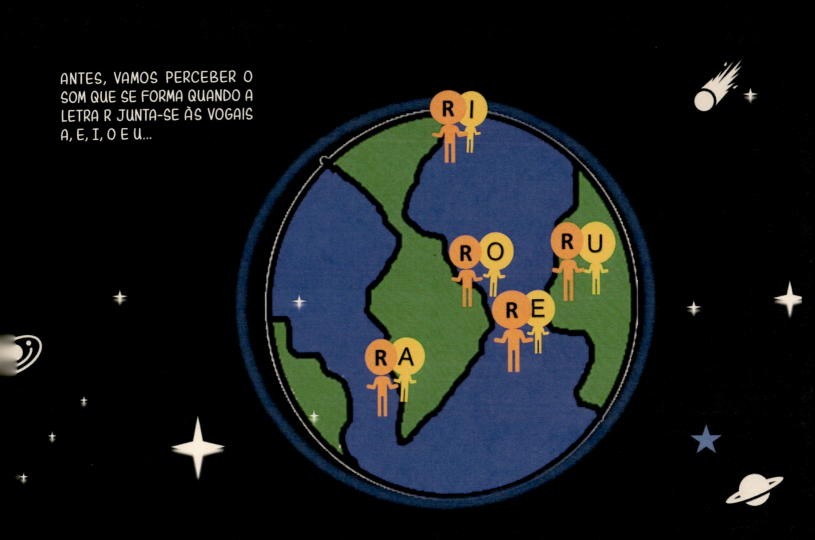

Vamos treinar!!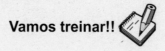

 RA

  RE

  RI

  RO

 RU

SSSSSSSSSSSSSSSS...
— VOCÊS ESTÃO OUVINDO ESSE SOM? — PERGUNTOU A LETRA I — SERÁ QUE É UMA COBRA?
— NÃO!!! — DISSE A LETRA J — É A LETRA S QUE VEM VINDO, E OLHA COMO ELA ESTÁ SORRINDO!

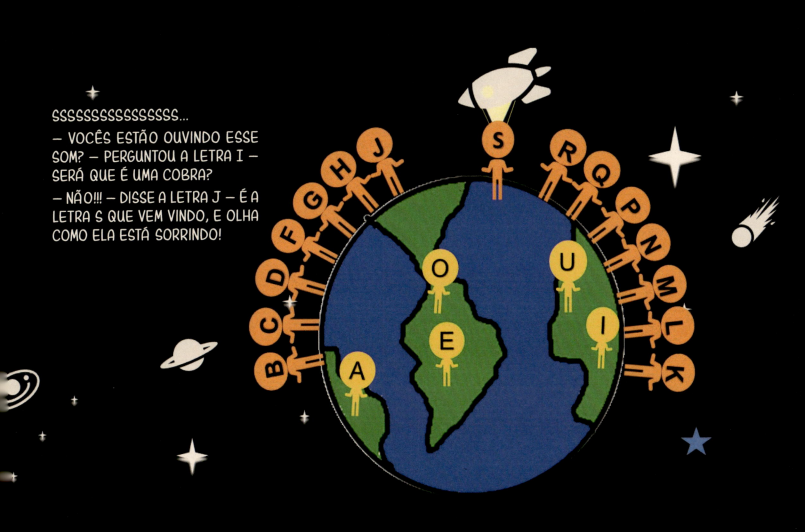

ENTÃO, AS VOGAIS MOSTRARAM SUA NOVA MORADA, E, ASSIM, A LETRA S JUNTOU-SE ÀS VOGAIS. AS LETRAS FORMARAM AS SÍLABAS SA, SE, SI, SO E SU.

Vamos treinar!!

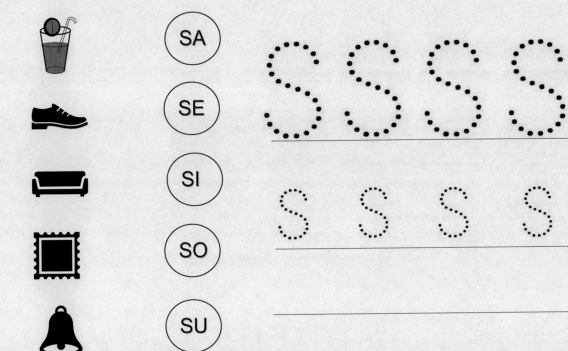

ENQUANTO AS LETRAS ESTAVAM CONVERSANDO ENTRE ELAS E CONFERINDO QUANTAS AINDA FALTAVAM CHEGAR, SURGIU UM BARULHO IGUAL A QUANDO A GENTE BATE NA PORTA TTTTTTTOC...

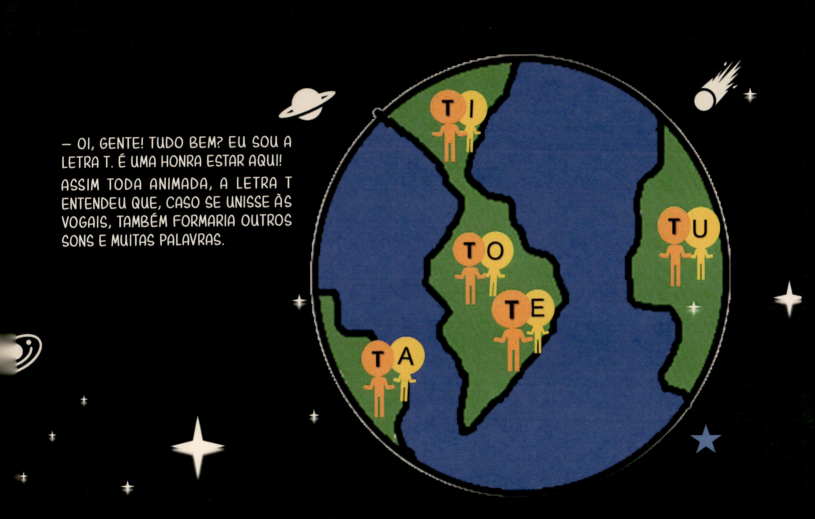

— OI, GENTE! TUDO BEM? EU SOU A LETRA T. É UMA HONRA ESTAR AQUI!

ASSIM TODA ANIMADA, A LETRA T ENTENDEU QUE, CASO SE UNISSE ÀS VOGAIS, TAMBÉM FORMARIA OUTROS SONS E MUITAS PALAVRAS.

Vamos treinar!!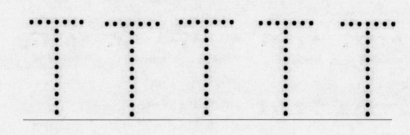

 (T)

 (TE)

 (TI)

 (T)

 (TU)

FALTAM POUCAS LETRAS PARA COMPLETAR O GRUPO DO ALFABETO.

AFINAL, CADA LETRA TEM UMA FUNÇÃO MUITO IMPORTANTE PARA A FORMAÇÃO DAS PALAVRAS.

OLHA QUEM ESTÁ CHEGANDO AGORA! É A LETRA V. O SOM DELA LEMBRA O VENTO SOPRANDO: VVVVVVVVVVVVVVVV...

NO DIA SEGUINTE, AS LETRAS COMEÇARAM A BRINCAR DE JUNTAR OS SONS.

VEJA COMO FICOU QUANDO A LETRA V JUNTOU-SE ÀS VOGAIS: VA, VE, VI, VO e VU.

COM O GRUPINHO DAS SÍLABAS, É POSSÍVEL FORMAR MUITAS PALAVRAS, COMO VEREMOS A SEGUIR.

Vamos treinar!!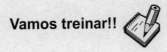

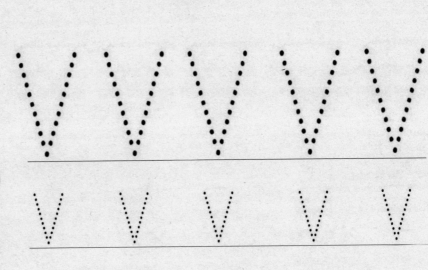

- VA
- VE
- VI
- VO
- VU

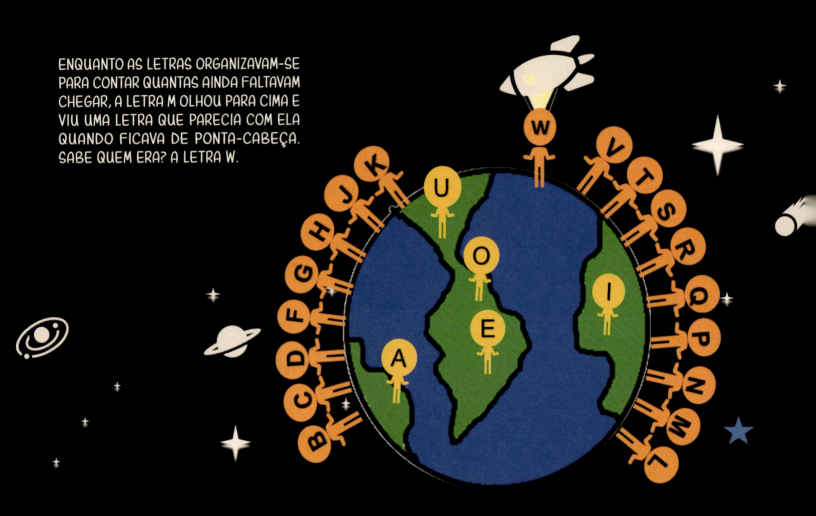

ENQUANTO AS LETRAS ORGANIZAVAM-SE PARA CONTAR QUANTAS AINDA FALTAVAM CHEGAR, A LETRA M OLHOU PARA CIMA E VIU UMA LETRA QUE PARECIA COM ELA QUANDO FICAVA DE PONTA-CABEÇA. SABE QUEM ERA? A LETRA W.

COMO TODOS PUDERAM PERCEBER, A LETRA W, ÀS VEZES, TEM O SOM DA LETRA U E, ÀS VEZES, O SOM DA LETRA V. É UMA LETRA QUE TEM SEUS MISTÉRIOS. PODE TER SOM DA VOGAL U E DA CONSOANTE V.

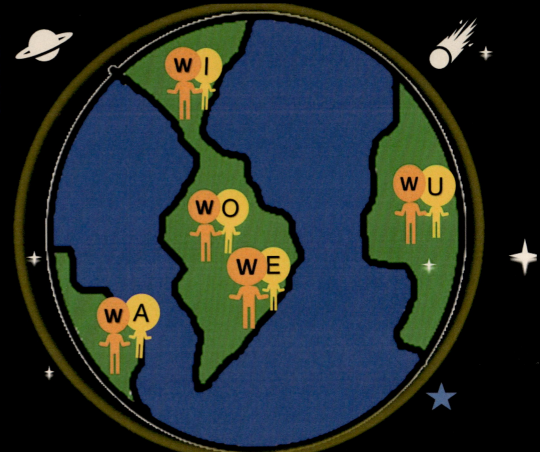

Vamos treinar!

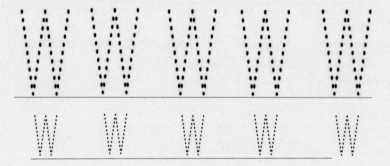

XXXXXXXXXXX...
HUMM!!! QUEM ESTÁ PEDINDO SILÊNCIO?
— OI, GENTE!! FINALMENTE CHEGUEI AQUI.
FOI ASSIM QUE A LETRA X APRESENTOU-SE,
JÁ INFORMANDO QUE SÓ
FALTAVAM CHEGAR
MAIS DUAS LETRAS.

XA XE XI XO XU.
COM AS SÍLABAS DA LETRA X, MUITAS PALAVRAS PODEMOS FORMAR.

Vamos treinar!!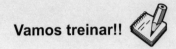

XERIF

XADREZ

XÍCAR

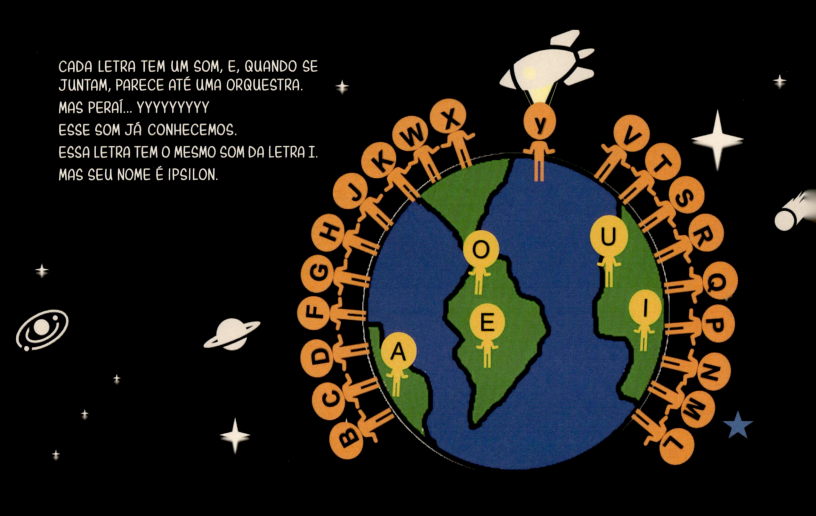

Vamos treinar!!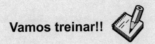

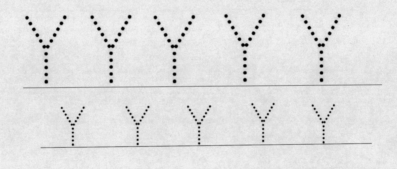

ZZZZZZZZZZZZZZZZZZZZZZZZZ...
— GENTE, QUE ZUMBIDO É ESSE? — PERGUNTOU A LETRA B.
É A LETRA Z, A ÚLTIMA QUE FALTAVA PARA COMPLETAR O ALFABETO.
ISSO MESMO, TODAS AS LETRAS REUNIDAS FORMAM O ALFABETO.

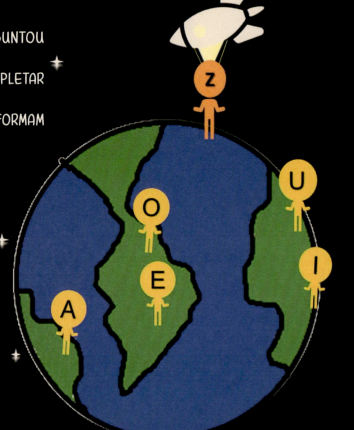

ENTÃO, A LETRA Z JUNTOU-SE ÀS VOGAIS E FORMOU AS SÍLABAS ZA ZE ZI ZO ZU.

AGORA SIM O PLANETA DAS LETRAS JÁ ESTÁ COMPLETO.

JUNTAS, TODAS AS LETRAS VÃO BRINCAR DE FORMAR MUITAS SÍLABAS E PALAVRAS.

Vamos treinar!!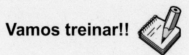

ZEBRA

ZIPER

ZOOLÓGICO

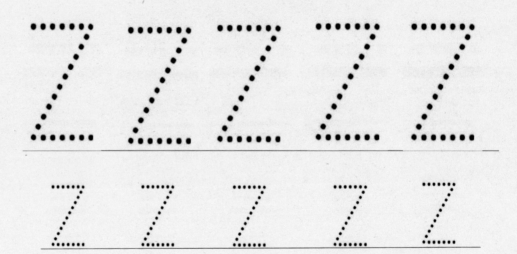

Assim, com todas as letras reunidas, ou seja, com as vogais e as consoantes, formamos o alfabeto.

Com ele, podemos fazer muitas sílabas, que são as partes das palavras.

E não para por aí, porque ainda há muitas outras combinações que vamos aprender ao longo do caminho.

PARA REFORÇAR:
1) O nome das letras.
2) Quais letras são as consoantes e quais são as vogais?
3) Qual letra não tem som?
4) Quais letras têm mais de um som?
5) Todas as letras formam o alfabeto.
6) Como as sílabas são formadas?

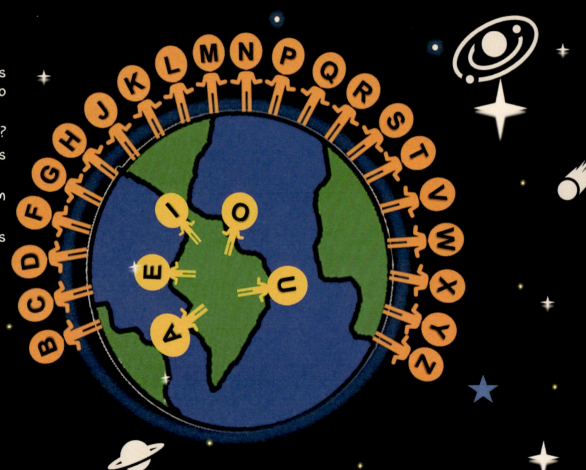

Vamos treinar a escrita do **ALFABETO**

A B C D E F G H I J K L M

N O P Q R S T U V W X Y Z

Agora, vamos treinar a escrita das SÍLABAS

	A	E	I	O	U
B	BA				
C					
D					
F					
G					
H					
J					
L					
K					
M					

	A	E	I	O	U
N					
P					
Q					
R					
S					
T					
V					
X					
W					
Z					

Formando palavras

A	E	I	O	U
BA	BE	BI	BO	BU
CA	CE	CI	CO	CU
DA	DE	DI	DO	DU
FA	FE	FI	FO	FU
GA	GE	GI	GO	GU
JÁ	JE	JI	JO	JU
LA	LE	LI	LO	LU
KA	KE	KI	KO	KU
MA	ME	MI	MO	MU
NA	NE	NI	NO	NU
PA	PE	PI	PO	PU
QUA	QUE	QUI	QUO	
RA	RE	RI	RO	RU
SA	SE	SI	SO	SU
TA	TE	TI	TO	TU
VA	VE	VI	VO	VU
XA	XE	XI	XO	XU
ZA	ZE	ZI	ZO	ZU

NO MUNDO DAS LETRAS, CADA DIA NOVAS PALAVRAS ERAM FORMADAS.

QUANTO MAIS ELAS BRINCAVAM DE JUNTAR OS SONS, MAIS ELAS PERCEBIAM QUE, QUANDO SE MUDA A ORDEM DAS LETRAS, O SOM TAMBÉM MUDA.

Observações:

Sempre mostrar a ordem de leitura, que é da esquerda para a direita, e o que acontece quando invertemos. Lembrando que aqui estamos trabalhando os conceitos do princípio alfabético. São nas atividades sistemáticas que a criança vai consolidar o aprendizado.

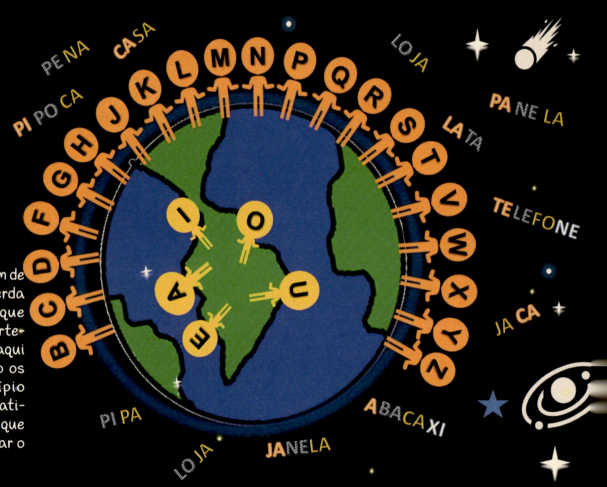

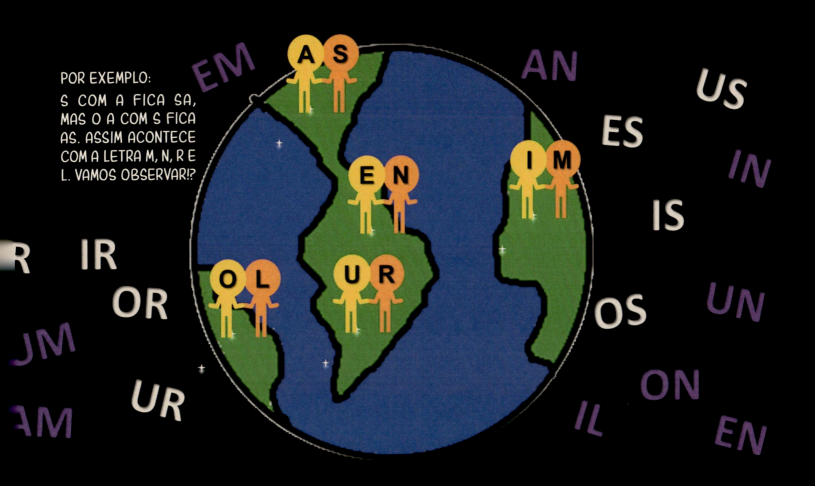

VOCÊ SABIA QUE TAMBÉM PODEMOS FORMAR SÍLABAS COM TRÊS LETRAS OU MAIS?

ELAS PODEM SER REPRESENTADAS POR DUAS CONSOANTES E UMA VOGAL NA MESMA SÍLABA. VAMOS VER COMO FICA QUANDO A LETRA R OU L FICA NO MEIO?

Observações
Estas sílabas podem possuir um grau de dificuldade maior porque não possuem o padrão de uma consoante e uma vogal.

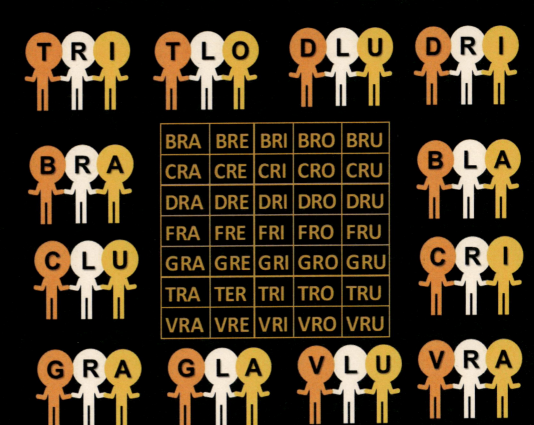

BRA	BRE	BRI	BRO	BRU
CRA	CRE	CRI	CRO	CRU
DRA	DRE	DRI	DRO	DRU
FRA	FRE	FRI	FRO	FRU
GRA	GRE	GRI	GRO	GRU
TRA	TER	TRI	TRO	TRU
VRA	VRE	VRI	VRO	VRU

Ligue as palavras às figuras

LEMBRA QUE, QUANDO A LETRA H CHEGOU, ELA NÃO TINHA SOM? MAS ELA TEM UM SEGREDO! SE ANTES DO H HOUVER UM C, O SOM É ASSIM: CH CH CH

O CH, QUANDO SE JUNTA ÀS VOGAIS, FICA CHA, CHE, CHI, CHO E CHU.

JÁ COM A LETRA L FICA LHA, LHE, LHI, LHO E LHU.

COM A LETRA N FICA NHA, NHE, NHI, NHO E NHU.

AGORA QUE VOCÊ JÁ SABE, VAMOS TREINAR BASTANTE A PERCEPÇÃO DESSAS SÍBA-LAS NAS PLAVRAS.

Observações:
Nas atividades de fixação, a criança vai reconhecendo a regra em que, quando a letra H não está acompanhada de C (ch), de L (lh) ou de N (nh), não tem som.

Ligue as palavras às figuras

NOSSA, QUANTA COSIA JÁ APRENDEMOS, NÃO É MESMO?!

A NOSSA HISTÓRIA NÃO PARA POR AQUI, AFINAL, TEMOS MUITO O QUE APRENDER. PARA ISSO, VAMOS CONTAR COM A AJUDA DA PROFESSORA *GRAMÁTICA*. ELA VAI NOS AJUDAR A ENTENDER MUITAS COISAS, VOCÊ JÁ REPAROU QUE AS PALAVRAS TÊM ACENTOS? E MAIS, POR QUE O SOM DO S MUDA QUANDO HÁ DOIS SS? POR QUE AS PONTUAÇÕES SÃO IMPORTANTES? AS PALAVRAS, ASSIM COMO OS ALUNOS, TAMBÉM TÊM CLASSES? VAMOS APRENDER TUDO ISSO E MUITO MAIS NAS AULAS DE PORTUGUÊS!!

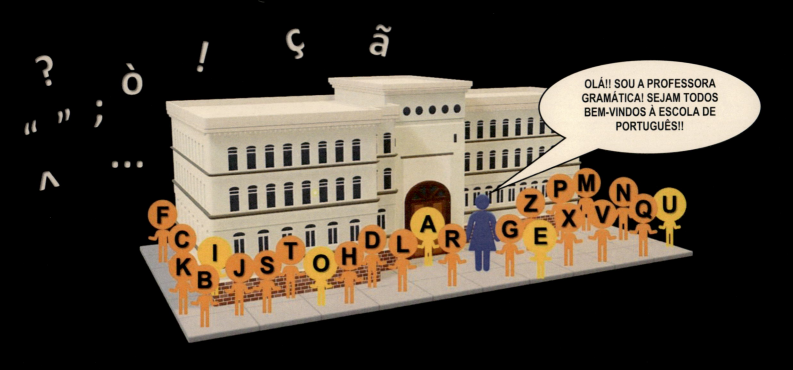

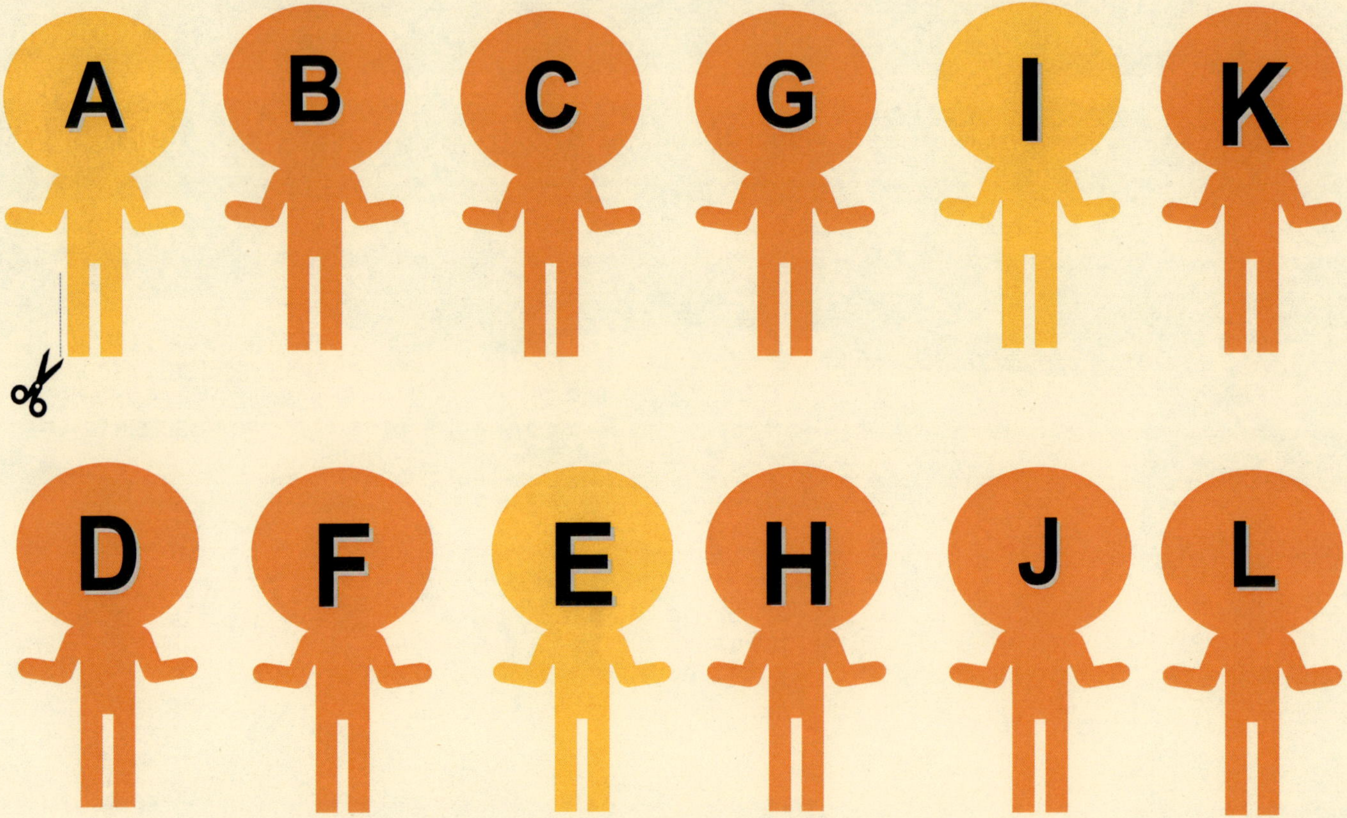
A
B
C
G
I
K
D
F
E
H
J
L

M N O P Q R S
T U V W X Y Z